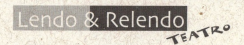

Antologia de peças teatrais
Mas esta é uma outra história...

Episódios da obra *Reinações de Narizinho*

"A pílula falante"
" O casamento da Emília"

de Monteiro Lobato

Adaptação de Júlio Gouveia

Organização e apresentação de Tatiana Belinky

Esta obra recebeu o seguinte prêmio:
Altamente Recomendável para o Jovem - FNLIJ 2005

1ª edição
11ª Impressão

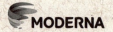

© DO ADAPTADOR E DA ORGANIZADORA
© TEXTOS ORIGINAIS DE MONTEIRO LOBATO –
TODOS OS DIREITOS RESERVADOS

MODERNA

COORDENAÇÃO EDITORIAL	María Inés Olaran Múgica
	Maristela Petrili de Almeida Leite
EDIÇÃO DE TEXTO	Erika Alonso
COORDENAÇÃO DE PRODUÇÃO GRÁFICA	André Monteiro, Maria de Lourdes Rodrigues
COORDENAÇÃO DE REVISÃO	Esteyam Vieira Lédo Jr.
REVISÃO	Maria Fernanda Bottallo
EDIÇÃO DE ARTE, CAPA E PROJETO GRÁFICO	Ricardo Postacchini
DIAGRAMAÇÃO	Camila Fiorenza Crispino
ILUSTRAÇÕES	Eduardo Albini
COORDENAÇÃO DE TRATAMENTO DE IMAGENS	Américo Jesus
TRATAMENTO DE IMAGENS	Fábio N. Precendo
SAÍDA DE FILMES	Helio P. de Souza Filho, Marcio Hideyuki Kamoto
COORDENAÇÃO DE PRODUÇÃO INDUSTRIAL	Wilson Aparecido Troque
IMPRESSÃO E ACABAMENTO	Prol Editora Gráfica

Dados Internacionais de Catalogação na Publicação (CIP)
(Câmara Brasileira do Livro, SP, Brasil)

> Gouveia, Júlio
> Antologia de peças teatrais : mas esta é uma outra história. — / Monteiro Lobato ; adaptação de Júlio Gouveia : organização e apresentação de Tatiana Belinky. — 1. ed. — São Paulo : Moderna, 2005. — (Lendo & relendo)
>
> Conteúdo: Episódios das Reinações de Narizinho : A pílula falante ; O casamento da Emília.
>
> ISBN 85-16-04758-X
>
> 1. Literatura infantojuvenil 2. Peças infanto-juvenis 3. Teatro juvenil I. Lobato, Monteiro, 1882-1948. II. Belinky, Tatiana. III. Título. IV. Série.

05-3171   CDD-028.5

Índices para catálogo sistemático:

1. Peças teatrais : Literatura infantojuvenil   028.5
2. Peças teatrais : Literatura juvenil   028.5

Reprodução proibida. Art.184 do Código Penal e Lei 9.610 de 19 de fevereiro de 1998.

Todos os direitos reservados

EDITORA MODERNA LTDA.
Rua Padre Adelino, 758 - Belenzinho
São Paulo - SP - Brasil - CEP 03303-904
Vendas e Atendimento: Tel. (0__11) 2790-1300
Fax (0__11) 2790-1501
www.modernaliteratura.com.br
2015

Impresso no Brasil

Agradecimentos

A utilização dos direitos autorais originais foi liberada pela família de Monteiro Lobato como singela homenagem ao seu amigo Júlio Gouveia.

NOTA DO EDITOR

A vocação de um bom livro é agradar diferentes leitores. É quase sempre na trajetória das próprias leituras que essa vocação se esboça e se encorpa.

No entanto, para esta antologia já é possível antecipar o olhar curioso de muitos e distintos leitores:

- os apreciadores de Lobato, curiosos em conhecer a adaptação dramática de alguns dos clássicos episódios de *Reinações de Narizinho*;
- os jovens atores, interessados em selecionar bons textos para montar um espetáculo para crianças;
- os estudiosos da televisão brasileira, sedentos em ter nas mãos um roteiro escrito ainda no tempo em que se produzia teledramaturgia ao vivo;
- os especialistas em arte-educação, que desejam conhecer as reflexões produzidas por Júlio Gouveia a respeito da produção teatral para crianças.

Mas é provável que nesse *entretender* de leituras brotem sérias e divertidas manhãs...

Bem, mas esta é uma outra história...

SUMÁRIO

APRESENTAÇÃO — TATIANA BELINKY..........................9

    A pílula falante 15
    O casamento da Emília 37

O TEATRO PARA CRIANÇAS E ADOLESCENTES — JÚLIO GOUVEIA 59

BIOGRAFIAS..75
    Do autor adaptado.. 75
    Do adaptador.. 77

APRESENTAÇÃO

Trazes no peito um sonho de ventura,
Amável sonho que te embala a vida.
Tornando-a suave e menos malsofrida.
Irmão do teu, sequioso de ternura,
Arde outro sonho dentro do meu peito...
Não te parece assim, bela medida
Amarmo-nos os dois, num só proveito?*

(Júlio)

Médico de formação, poeta talentoso e educador nato, Júlio Gouveia é o personagem principal deste livro, juntamente com seus dois textos teatrais, "A pílula falante" e "O casamento de Emília", adaptados da obra *Reinações de Narizinho* (1931), do grande e inesquecível Monteiro Lobato. A obra se passa no Sítio do Picapau Amarelo, "Sítio" esse que inaugura a literatura infantil brasileira.

Júlio Gouveia e eu nos casamos no ano de 1940, depois de um namoro e noivado de uns seis meses, durante os quais "trocamos figurinhas" sobre livros, poesia, músicas e, claro, muito teatro, que ambos amávamos e frequentávamos.

---

* Que tal como começo de conversa... ou paquera... ou cantada... ou mesmo começo de namoro, à moda de 1939? Pois é. Começou assim.

Uma noite, quando já tínhamos dois filhos pequenos, recebemos um inesperado telefonema de um famoso personagem que admirávamos muito e que não nos atrevíamos a procurar, por timidez, eu acho. Mas quem nos procurou foi ele — Monteiro Lobato, em pessoa! E nós tivemos o prazer e a honra de conhecê-lo pessoalmente, naquela mesma noite... Isto foi alguns anos antes da morte do querido escritor, que não chegou a ver o nosso trabalho, do Júlio e meu, na televisão de São Paulo, com a série das suas histórias do *Sítio do Picapau Amarelo*.

Acontece que, em 1948, o Júlio inventou de escrever e dirigir, para o aniversário de uma garotinha, filha de amigos, uma cena da peça Peter Pan, que teve tanto sucesso que foi parar no Teatro Municipal, a convite da Secretaria de Cultura. E foi o começo de cerca de três anos de teatro infantil para a prefeitura de São Paulo, levando o texto, com o nosso grupo semiamador, o TESP[1], para diversos teatros, a cada fim de semana. Até que apareceu a televisão, e nós fomos convidados pela TV Tupi de São Paulo a fazer teatro infantil, "teleteatro" para as crianças paulistanas.

---

1. O "TESP" — Teatro-Escola de São Paulo — foi um grupo de teatro semiamador especializado em espetáculos para crianças e adolescentes, que funcionou na cidade de São Paulo, de 1949 a 1964, quando encerrou suas atividades. De 1949 a 1951, o TESP se apresentou, todos os fins de semana, sem interrupção, em todos os teatros da Prefeitura da cidade, estreando no Teatro Municipal e levando a montagem cada semana a outra sala, primeiro nos outros teatros do centro, depois nos teatros dos bairros e depois na periferia, em teatros onde os havia, e onde não os havia, em outros espaços cênicos, auditórios de bibliotecas, cinemas de bairro, clubes, e ainda em hospitais etc. Foram cerca de três anos de atividade ininterrupta, com toda uma série de montagens, cada uma das quais era vista desde o público "burguês" do centro até o dos mais distantes distritos da periferia, portanto, para todos os tipos de plateia infantil e juvenil, das mais diversas classes socioeconômicas. E sempre a casa lotada só de crianças, sem adultos acompanhantes a não ser alguns monitores, já que a própria Prefeitura fornecia ônibus com os quais mandava buscar as crianças dos parques infantis. Isto além de anunciar, com alto-falantes, em cada bairro, o espetáculo a ser apresentado. Por sinal com entrada franca, mas com ingressos impressos e numerados, e até com programas impressos, o que conferia maior "respeitabilidade" ao acontecimento.

Iniciamos o trabalho com uma peça de Natal que estava sendo apresentada nos teatros da prefeitura. E logo em seguida, dado o sucesso imediato, o grupo foi convidado para fazer um programa permanente na emissora. Era o "Fábulas animadas", teleteatro de um ato, baseado no fabulário e no folclore nacional e internacional. Pouco depois, os programas de TV do TESP já eram três: a série "Fábulas animadas", que depois se transformou em seriado (tipo "minissérie", em 50 a 80 segmentos), baseado em obras literárias de várias origens, duas vezes por semana; a importante série *Sítio do Picapau Amarelo*, primeira adaptação para televisão no Brasil, baseada na obra de Monteiro Lobato, fiel ao original e conservando as características de humor crítico do autor — uma vez por semana; e finalmente o "Era uma vez", no começo contos de fadas e histórias maravilhosas, depois, rebatizado para "Teatro da juventude", a fim de ampliar a faixa etária e abranger uma temática mais diversificada, e que (diferente dos outros, que eram "capítulos" de meia hora, quarenta minutos) era um grande teleteatro, com histórias completas de uma hora, hora e meia de duração, todos os domingos. Sempre com produção e direção de Júlio Gouveia, textos meus e o grupo semiamador do TESP. Não um programa, mas toda uma programação de teleteatro ao vivo (ainda não existia o videoteipe), artístico, cultural e educacional — numa emissora comercial! — e que durou, sem solução de continuidade, cerca de 13 anos. E com uma audiência altíssima, alcançando de 60 a 80 pontos no Ibope, isto com três emissoras já em funcionamento, provando que um programa "educativo" pode ter sucesso de público. E de crítica, como mostram os inúmeros prêmios de "Melhor do Ano" ganhos pelo TESP.

Interessante notar que todos os programas, todas as histórias contadas e mostradas pelos teleteatros do TESP eram baseadas em literatura (nacional e internacional, clássica e moderna, fantástica, realista, histórica) e promoviam abertamente a leitura, sempre remetendo o telespectador ao livro. Cada programa começava numa estante de livros: o narrador (o próprio Júlio Gouveia) tirava um livro da estante, dizia o título, o nome do autor e começava a ler as primeiras linhas da história. Só então as câmeras passavam para o espetáculo propriamente dito. E o programa se encerrava voltando para o livro, com algumas palavras finais do narrador e um "fechamento" clássico: para o "teatrão" dominical, por se tratar de uma história completa, era "… e assim terminou a história: entrou por uma porta, saiu por outra, quem quiser que conte outra". E para os capítulos dos seriados, a conclusão era o "gancho": "… então… bem, mas isto já é uma outra história que fica para uma outra vez".

Gente, tenho mais de 50 anos de "janela", sempre às voltas com literatura e teatro para crianças e jovens (sem contar as inúmeras palestras e encontros com crianças, adolescentes e adultos, em escolas, bibliotecas e outros espaços, na capital, no interior e em outros estados.).

Parece muita coisa. Mas é e não é, afinal de contas, mais de meio século de atividade ininterrupta, dava — e deu — tempo para tudo, não é mesmo?

"Trabalhei" muito, é verdade. Mas ponho "trabalhei" entre aspas, porque este meu trabalho sempre foi também um *hobby*, o meu brinquedo e o meu, com a licença de Monteiro Lobato, *pó de pirlimpimpim*!

E sempre em companhia do meu saudoso "cúmplice", Júlio Gouveia. Até 1989, quando ele "se encantou" e se foi, deixando lindas lembranças e uma grande saudade...

Tatiana Belinky

Nascida na Rússia, Tatiana Belinky chegou ao Brasil em 1919, com dez anos de idade. Veio com seus pais e dois irmãos menores. Com essa idade, já tinha lido muitos livros e poemas maravilhosos; um deles, de belos contos russos, que trouxera na viagem, conserva até hoje...

Em São Paulo, cresceu, estudou, se casou com um médico santista, Júlio Gouveia, e teve dois filhos, cinco netos e três bisnetos — dois meninos e uma menina.

Tatiana nunca parou de ler. E, de tanto ler de tudo, começou a inventar e a escrever suas próprias histórias e versos. Isso, além de contar, traduzir e adaptar para a televisão muitas histórias, transformando-as em teleteatro, como "roteirista" de seriados como *O Sítio do Picapau Amarelo* — o que fez por mais de doze anos.

E então, certo dia, foi convidada por uma grande editora para escrever uma história para uma série infantojuvenil — e não parou mais, para alegria de seus leitores.

A PÍLULA FALANTE

Episódio da obra *Reinações de Narizinho*, de Monteiro Lobato
Adaptação de Júlio Gouveia

Personagens

DONA BENTA — vovó de Narizinho.

TIA NASTÁCIA — cozinheira, negra, gorda e simpática.

NARIZINHO — a menina do narizinho arrebitado, neta de dona Benta.

EMÍLIA — boneca de pano recheada de macela, muito viva e careteira.

DOUTOR CARAMUJO — um caramujo que é médico.

MAJOR AGARRA — um sapo guloso.

Narrador

Que pode estar caracterizado de Monteiro Lobato.

Cenário

Um recanto de sítio, à beira do riacho. Há uma árvore de tronco grosso, com oco, de um lado, e um toco mais ou menos no centro, servindo de banco. A primeira cena passa-se diante do pano fechado, no qual, de um lado, há um letreiro em forma de seta, com os dizeres "Sítio do Picapau Amarelo", e uma cadeira de balanço na frente, do mesmo lado.

CENA PRIMEIRA

(*NARRADOR ENTRA PELO LADO OPOSTO AO DA CADEIRA DE BALANÇO, COM UM LIVRO GRANDE NA MÃO, EM CUJA CAPA SE LÊ:* REINAÇÕES DE NARIZINHO — MONTEIRO LOBATO.)

NARRADOR — Vou contar-lhes agora a primeira hstória das reinações de Narizinho. (*Pausa, para esperar o silêncio da plateia. Nesse meio tempo, pelo outro lado da cena, entra dona Benta, com sua cestinha de costura, senta-se na cadeira de balanço e começa a costurar, balançando-se levemente.*)

NARRADOR — (*"Lendo", mas de cor, olhando para a plateia por cima do livro.*) Numa casinha branca, lá no Sítio do Picapau Amarelo, mora uma velha de mais de 60 anos. Quem passa pela estrada e a vê na varanda, de cestinha de costura ao colo e óculos de ouro na ponta do nariz, segue o seu caminho, pensando: "Que tristeza viver assim tão sozinha neste deserto..." (*Dona Benta levanta a cabeça, para de se balançar e olha por cima dos óculos. Sorri, abana a cabeça e volta a costurar e a se balançar.*)

NARRADOR — (*Continua.*) Que engano! Dona Benta é a mais feliz das vovós, porque mora em companhia da mais encantadora das netas, Lúcia, a menina do narizinho arrebitado, ou "Narizinho", como todos dizem. (*Durante essa fala, Narizinho entra, alegrinha, com uma tigela cheia de pipocas numa das mãos e pela outra "arrastando" consigo Emília, senta-se aos pés de dona*

Benta, com a boneca, e fica comendo pipocas, dando uma para a Emília, de quando em quando.)

NARRADOR — (*Continua.*) Na casa existem ainda duas pessoas — tia Nastácia, negra de estimação que carregou Narizinho em pequena. (*Tia Nastácia entra, trazendo outra tigela cheia de pipocas, que substitui pela vazia que está na mão de Narizinho, e fica olhando, satisfeita.*)

NARRADOR — (*Sem se interromper.*) A outra pessoa que mora no Sítio do Picapau Amarelo é Emília, boneca de pano, bastante desajeitada de corpo. (*Emília reage.*) Emília foi feita por tia Nastácia, recheada de macela, com olhos de retrós preto e sobrancelhas tão lá em cima que é ver uma bruxa. (*Emília endireita o corpo e olha feio.*) Apesar disso, Narizinho gosta muito dela e não almoça nem janta sem a ter ao lado... Um belo dia... (*Vai saindo.*)

DONA BENTA — (*Olha por cima dos óculos para Narizinho.*) Nastácia!

TIA NASTÁCIA — Senhora?

DONA BENTA — Você vai parar de encher Narizinho de pipoca?

TIA NASTÁCIA — Uai! É só a terceira tigela, hoje!

DONA BENTA — A menina ainda vai ficar doente de tanto comer pipoca!

TIA NASTÁCIA — (*Com dignidade.*) Minhas pipocas nunca fizeram mal a ninguém!

DONA BENTA — (*Vendo que Narizinho nem presta atenção.*) Narizinho! Chega de comer pipoca!

NARIZINHO — (*Distraída, sem parar de comer.*) Sim, vovó.

TIA NASTÁCIA — (*Com sorriso aberto.*) A menina nem percebeu o que a sinhá falou!

DONA BENTA — (*Sorrindo.*) Pois vai perceber já. Narizinho!

NARIZINHO — (*Sempre comendo, sem levantar os olhos.*) Sim, vovó?

DONA BENTA — Pare de comer pipoca: deixe eu guardar um pouco para o Pedrinho.

NARIZINHO — (*Sempre comendo.*) Sim, vovó. (*De repente, dá-se conta do que ouviu.*) Pedrinho! A senhora disse "Pedrinho"? Ele vem? Quando?

DONA BENTA — Amanhã. Nastácia não lhe contou?

NARIZINHO — Amanhã! Que bom! Você ouviu isso, Emília?

DONA BENTA — (*Tirando uma carta do bolso do avental.*) Olhe a carta dele que chegou hoje. (*Narizinho fica de pé, dá depressa a tigela a tia Anastácia e vai ouvir a carta, acompanhada pela Emília, que faz trejeitos de entusiasmo.*)

NARIZINHO — Leia, vovó, depressa!

DONA BENTA — (*Lendo.*) "Sigo para aí no dia 10. Mande à estação o cavalo pangaré e não se esqueça do chicotinho de cabo de prata que deixei pendurado atrás da porta. Quero que Narizinho me espere na porteira do pasto, com a Emília no seu vestido novo e o Rabicó de laço de fita na cauda. E tia Nastácia que apronte um daqueles cafés com bolinhos de frigideira que só ela sabe fazer."

TIA NASTÁCIA — (*Risada larga, gostosa.*) Eta menino bom! Lembrou dos quitutes da veia Nastácia. Vou pra cozinha tratar da vida, que amanhã tá perto!

DONA BENTA — E eu também, vou preparar o quarto do meu neto! Leve a minha cadeirinha para dentro, Nastácia. Deixe que eu levo as tigelas! (*Nastácia entrega as tigelas a dona Benta e sai, empurrando a cadeira de balanço, seguida de dona Benta, com as tigelas.*)

NARIZINHO — (*Sozinha com Emília.*) Você ouviu isso, Emília? E eu que não sabia de nada! Preciso escovar o Rabicó: aquele leitão já deve ter se sujado todo… (*Emília faz sinais frenéticos, mostrando o seu vestido.*) Eu sei, Emília, eu sei: o seu vestido também está sujo. Vamos lá dentro apanhar o seu vestido novo com a tia Nastácia e depois vamos para o riacho, lá é mais gostoso para a gente se arrumar.

(SAEM AS DUAS, NARIZINHO SEMPRE PUXANDO EMÍLIA PELA MÃO, ENQUANTO O PANO VAI SE ABRINDO.)

CENA SEGUNDA

(*NO CENÁRIO DO RIACHO, ASSIM QUE O PANO SE ABRE, NARIZINHO E EMÍLIA ENTRAM PELO LADO OPOSTO. NARIZINHO TRAZ O VESTIDO NOVO DE EMÍLIA NO BRAÇO E ENTRA FALANDO.*)

NARIZINHO — Pronto, chegamos. Aqui você pode se trocar sossegada, que ninguém vai ver. Venha, eu ajudo você. (*Senta-se no toco e vai tirando a roupa da Emília, que aparece de roupa de baixo: calções compridos até abaixo dos joelhos etc. Narizinho vai lhe pondo o vestido novo e falando o tempo todo.*) Você vai ficar muito chique, Emília... O Pedrinho vai gostar... Sabe, precisamos arranjar uma surpresa para o Pedrinho... Que é que você acha, Emília? (*Emília faz cara e gesto desconsolados.*) Ora, você não acha nada... E mesmo que achasse, não poderia contar... Você é mais muda do que um peixe...

(*DOUTOR CARAMUJO, DE FRAQUE PRETO, CAPUZ DE "CHIFRINHOS" E UM GRANDE CARACOL NAS COSTAS, APARECE DE TRÁS DA ÁRVORE E FICA OLHANDO E OUVINDO, SEM SER VISTO POR NARIZINHO, QUE ESTÁ SENTADA NO TOCO, MEIO DE COSTAS PARA ELE.*)

EMÍLIA — (*Faz um som espremido.*) Nhée...

NARIZINHO — Está certo, você é menos muda do que um peixe: peixe não pode fazer "nhée", espremendo a macela. Mas de que me serve o seu "nhée"? "Nhée" não quer dizer nada... Não, Emília, você é muda mesmo. Mudinha da silva... (*Emília agora percebe a presença* *do doutor Catramujo e faz um movimento de surpresa, durinho, como boneca.*)

NARIZINHO — (*Sem perceber do que se trata.*) Não fique impaciente, Emília, eu já terminei, e você ficou muito bonitinha. Só que continua muda. (*Suspira.*) Ah, Emília, se você pudesse falar... Mas o que é que você está olhando tanto? (*Emília aponta o doutor Caramujo com o dedo, Narizinho olha e ele faz um cumprimento cerimonioso.*)

NARIZINHO — (*Surpresa.*) Oh! Quem é o senhor?

DOUTOR CARAMUJO — (*Cerimonioso.*) Eu sou o doutor Caramujo, médico da corte do Príncipe Escamado, Senhor do Reino das Águas Claras, do fundo do riacho, às suas ordens.

NARIZINHO — Médico da corte! Que importante! Muito prazer em conhecê-lo, doutor Caramujo! (*Faz reverência elegante e cutuca Emília, que a imita desajeitadamente.*)

DOUTOR CARAMUJO — O prazer é todo meu, linda senhora.

NARIZINHO — O meu nome é Lúcia. Mas pode me chamar de Narizinho, todos os meus amigos me chamam assim.

DOUTOR CARAMUJO — Muito agradecido, dona Narizinho.

NARIZINHO — De nada. Mas não precisa do dona, não. É só Narizinho mesmo. De onde vem o senhor, doutor Caramujo?

DOUTOR CARAMUJO — Eu saí do meu consultório

para dar uma voltinha e ouvi a senhora conversando com a boneca.

NARIZINHO — Conversando não: eu estava falando sozinha.

DOUTOR CARAMUJO — Foi o que percebi: a senhora estava se queixando de que ela não pode falar...

NARIZINHO — Pois é. Não é uma maçada? A Emília é uma boneca tão esperta que até parece gente, mas é muda que nem um peixe!

DOUTOR CARAMUJO — Este mal não é tão grave como parece.

NARIZINHO — Como assim, doutor Caramujo?

DOUTOR CARAMUJO — Porque tem cura! (*Emília anima-se toda.*)

NARIZINHO — Não diga, doutor Caramujo! E quem é que poderia curá-la?

DOUTOR CARAMUJO — Este seu criado. (*Com uma vênia.*) Tenho a honra de oferecer-lhe os meus serviços profissionais.

NARIZINHO — Viva! Ouviu isso, Emília? O doutor Caramujo diz que pode curar você da mudez! (*Emília está animadíssima.*) Então, doutor Caramujo, vamos tratar disso já! A Emília precisa estar falando quando o Pedrinho chegar. Como é que vai fazer a coisa?

DOUTOR CARAMUJO — Com a pílula falante.

NARIZINHO — Pílula falante! Que maravilha! O senhor a trouxe consigo?

DOUTOR CARAMUJO — Evidentemente não! Pois

eu já não disse que saí a passeio? Quando vou passear, não carrego o meu equipamento profissional. Temos de ir ao meu consultório. Mas é perto, é aqui mesmo... (*Vai até a árvore e começa a procurar no oco.*) O depósito de pílulas é aqui...

(*NARIZINHO E EMÍLIA VÊM ATRÁS DELE E FICAM ESPERANDO, IMPACIENTES E ASSANHADAS.*)

DOUTOR CARAMUJO — (*Procura, mexe, remexe e volta-se de repente, louco da vida.*) Com seiscentos mil caracóis!

NARIZINHO — O que foi, doutor? Aconteceu alguma coisa? O que é que há?

DOUTOR CARAMUJO — Há apenas que encontrei o meu depósito de pílulas saqueado. Roubado! Roubaram todas... todas as minhas pílulas! (*Emília murcha.*)

NARIZINHO — (*Aborrecidíssima.*) Que contratempo! Mas o senhor não pode fabricar outras? Se quiser, eu ajudo a enrolar.

DOUTOR CARAMUJO — Impossível. O besouro farmacêutico que inventou as pílulas já morreu e não revelou o segredo a ninguém. A mim só restava um cento das pílulas, das mil que comprei dos herdeiros. O miserável ladrão só deixou uma.

NARIZINHO — E uma não chega?

DOUTOR CARAMUJO — Chega. Mas a que sobrou não serve para o caso, porque não é pílula falante!

NARIZINHO — E agora? O senhor não pode fazer nada?

DOUTOR CARAMUJO — Infelizmente não, minha senhora. Só se aparecerem as minhas pílulas roubadas. Sinto muito. E agora, com licença. Está na hora de eu fazer uma visita domiciliar: a dona Lagartixa está com cólicas de fígado e eu prometi ir lá sem falta hoje. (*Sai pelo lado da árvore.*)

NARIZINHO — (*Desapontada.*) Ora pipocas! (*Emília faz cara de choro.*) Pois é. Você continua muda... Quem teria sido a peste que teve a péssima ideia de furtar as pílulas do doutor Caramujo? (*Ouve-se um forte coaxar gemebundo fora de cena.*) Uai? O que foi isso? (*As duas prestam atenção, o coaxar se repete, mais próximo.*) Parece alguém doente... (*Entra o Sapo, segurando a barriga e coaxando.*)

SAPO — (*Dolorido.*) Ai... ai... ai...

NARIZINHO — É um sapo! Boa tarde, mestre Sapo, o que foi que lhe aconteceu?

SAPO — Ai, ai, ai! Não aguento mais! (*Ele fica parado, gemendo, Narizinho e Emília se aproximam dele, compadecidas.*)

NARIZINHO — Que tristeza é essa? Conte, mestre Sapo.

SAPO — Estou com uma dor de barriga horrível! Ai, ai, ai! Não aguento mais!

NARIZINHO — Mas o que foi isso? O senhor comeu alguma coisa que não devia?

SAPO — Pois é! Foi isso mesmo! Fui guloso e agora estou pagando!

NARIZINHO — Mas o que foi que o senhor comeu?

SAPO — Eu estava passeando aí pela beira do riacho, quando encontrei um monte de coisinhas branquinhas, redondinhas, que pareciam balas de coco. Ai, ai, ai! Então fui engolindo, uma por uma, sem mastigar, até ia contando: engoli noventa e nove. (*Emília dá um cutucão em Narizinho.*)

NARIZINHO — (*Interessada.*) Noventa e nove?

SAPO — Noventa e nove. Eu já ia engolindo a centésima, mas naquela hora me deu uma dor de barriga tão forte que larguei a última ali mesmo e saí aos pulos. Ai, ai, ai! Como dói!

NARIZINHO — Você está ouvindo isso, Emília? Noventa e nove "balas" branquinhas, redondinhas, na beira do riacho... sobrou uma! (*Emília faz que sim, veementemente.*) Emília, eu acho que ele engoliu, mas foram as pílulas do doutor Caramujo!

SAPO — (*Gemendo.*) Ai, ai, ai! Que é que eu vou fazer? Que vai ser de mim?

NARIZINHO — Tente botá-las para fora, mestre Sapo! Cuspa!

SAPO — Já tentei, mas não consigo! Ai, ai, ai!

NARIZINHO — Tente outra vez! Meta o dedo na garganta! Força!

SAPO — (*Tentando com todas as forças.*) Não vai, não vai mesmo! Ai, ai, ai! Acho que vou morrer empanturrado! Ai, ai, ai!

NARIZINHO — Espere aí. Tenho uma ideia! Vamos procurar o doutor Caramujo! (*Emília faz que sim, com veemência.*) Quem sabe o doutor Caramujo acha um jeito de extrair as tais "balas" do seu papo!

SAPO — É mesmo! Como é que não me lembrei antes? Ele poderia tirá-las do meu papo com o ferrão de caranguejo que lhe serve de pinça! Ai, ai, ai!

NARIZINHO — Então vamos para o consultório, depressa! (*Emília sai correndo para o tronco de árvore, do outro lado da cena.*) Vamos, mestre Sapo!

SAPO — (*Cai de costas, de pernas para o ar.*) Ai, ai, ai! Não posso andar de tanta dor de barriga!

NARIZINHO — Não pode andar? E agora? (*Emília, que já voltou, faz sinal de "esperem", sai correndo e volta em seguida, empurrando um carrinho de mão.*) Boa ideia, Emília! Ajude-me a pô-lo no carrinho! (*As duas começam a tentar colocá-lo no carrinho. É uma luta, ele cai, geme etc. Enquanto isso, doutor Caramujo volta e, sem vê-los, recomeça a procurar no oco da árvore, resmungando. Finalmente Narizinho e Emília conseguem pôr o Sapo no carrinho.*)

NARIZINHO — Ufa! Até que enfim! Bem, vamos levá-lo até o consultório do doutor Caramujo... Depressa, que o coitado está sofrendo muito! (*Com muito esforço, uma puxando, outra empurrando, vão levando o carrinho com o Sapo até o outro lado do cenário, onde o doutor Caramujo continua remexendo no oco e o Sapo coaxa e geme baixinho.*)

DOUTOR CARAMUJO — (*De costas para os outros.*) Mas que maçada, que maçada! Vou acabar sendo demitido do meu cargo de médico da corte por causa dessa história de pílulas roubadas!

NARIZINHO — Doutor Caramujo... (*Alto.*) doutor Caramujoooo!

DOUTOR CARAMUJO — Que é, estou ocupado!... Ah, é a senhora, Narizinho! Estou tão aborrecido por causa das minhas pílulas... (*Repara no Sapo que geme.*) Mas o que é isso?

NARIZINHO — Estamos lhe trazendo um paciente. Mestre Sapo engoliu uma porção de pedrinhas e agora está empachado... Está ouvindo como geme o coitado? Será que o senhor não poderia tirar-lhe as pedrinhas do papo com a sua pinça de caranguejo?

DOUTOR CARAMUJO — Hum... vamos ver... (*Faz toda uma cena de médico: apalpa a barriga do sapo, escuta, toma-lhe o pulso, balança a cabeça etc.*) Vamos tentar... (*Tira a "pinça de caranguejo" do oco da árvore e mete-a pela goela do Sapo, que tosse, engasga, geme, enquanto Narizinho e Emília observam, "torcendo".*) Hum... está difícil... Tentemos novamente. (*Repete-se a cena, com grande ansiedade de Narizinho e Emília, mas sem resultado.*) Não. Não é possível. Estão muito fundo, já desceram para a barriga!

NARIZINHO — E agora?

DOUTOR CARAMUJO — Temos de recorrer a uma intervenção cirúrgica.

NARIZINHO — Uma o quê?

DOUTOR CARAMUJO — Intervenção cirúrgica: uma operação.

NARIZINHO — O senhor vai operar o mestre Sapo?

DOUTOR CARAMUJO — É o único jeito. Terei de abrir-lhe a barriga com o meu bisturi de peixe-espada (*Tira o "bisturi" do oco.*) e extrair os corpos estranhos.

NARIZINHO — Corpos?

DOUTOR CARAMUJO — Ignorantezinha, hein? Os corpos estranhos são as tais pedrinhas que ele engoliu.

NARIZINHO — (*Olha impressionada para o "bisturi".*) Ah... Mas não é perigoso, doutor Caramujo?

DOUTOR CARAMUJO — Ora! Ainda não aconteceu de um doente morrer nas minhas mãos. Sou o cirurgião da corte real, está se esquecendo disso?

NARIZINHO — (*Apreensiva.*) Eu sei, eu sei... mas... e se ele não for operado? Se a gente deixar como está para ver como fica?

DOUTOR CARAMUJO — Se deixarmos como está, ele estoura a qualquer momento, aí será tarde para acudir.

NARIZINHO — É mesmo! Então opere, doutor Caramujo.

SAPO — Ai, ai, ai! Tenho medo! Vai doer! Ai, ai, ai!

DOUTOR CARAMUJO — Não vai doer nada, mestre Sapo. Vou dar-lhe anestesia.

NARIZINHO — Vai dar-lhe o quê?

DOUTOR CARAMUJO — (*Paciente, enquanto se volta para apanhar uma papoula vermelha.*) Anestesia, menina, é remédio para não sentir dor. Cheire, mestre Sapo. (*Sapo faz que não com a cabeça, assustado.*) Cheire, seu ignorante. Isto aqui é uma papoula; as papoulas contêm ópio e o ópio faz dormir: o senhor cheira a papoula, adormece e não sente nada, só acorda depois da operação. Cheire... assim... mais um pouco... pronto. Está anestesiado. (*Sapo "adormece".*) Agora, vamos operar! ("*Abre*" *a barriga do Sapo, que deve ter um bolso, ou um zíper, enfia a pinça e retira uma grande pílula* branca, olha distraído e vai jogá-la fora, mas Emília faz uma pantomima tão veemente que ele para, olha para a pílula e se abre todo num sorriso de satisfação.*) Oh! Mas isto não é bala nem pedrinha! Isto aqui é uma das minhas queridas pílulas! Mas como terá ela ido parar na barriga deste sapo! Segure aqui! (*Narizinho segura a pílula, doutor Caramujo, de contente, joga fora a pinça e enfia a mão na barriga do Sapo.*) Outra das minhas pílulas! E outra! E mais outra! (*Doutor Caramujo vai jogando as pílulas, aos punhados, dentro dos bolsos do fraque.*) Vinte! Cinquenta! Oitenta! Noventa! Noventa e nove! Estão todas aqui, sem faltar uma só!

NARIZINHO — (*Bate palmas.*) Que maravilha! Que ótimo!

DOUTOR CARAMUJO — Ótimo mesmo. (*Tira do oco uma enorme agulha e linha e costura a barriga do Sapo.*) Ótimo, porque agora poderemos curar a mudez da senhora Emília... (*Emília reage com entusiasmo. Doutor Caramujo acaba de costurar e faz cócegas nos pés do Sapo, que acorda, meio rindo e meio tonto.*)

SAPO — O que foi... Onde estou?

DOUTOR CARAMUJO — O senhor está no meu consultório, foi operado, está curado: pode andar.

SAPO — (*Levanta-se e apalpa a barriga.*) É mesmo... não dói mais. Arre, que mau pedaço eu passei! Ainda bem que estou bom... (*Apalpa a barriga.*) Doutor Caramujo... não vai ficar cicatriz, não?

DOUTOR CARAMUJO — Ora, mestre Sapo! Até é bom que fique marca, que é para o senhor se lembrar sempre de não ir engolindo tudo o que encontra!

SAPO — É... quem sabe o senhor tem razão... Muito

obrigado, doutor Caramujo. Muito obrigado, Narizinho! Bem, vou andando para casa, dona Rã já deve estar preocupada... Até logo! (*Sapo sai, todos dão adeus.*)

DOUTOR CARAMUJO — E agora é a sua vez, dona Emília. Por favor, sente-se aqui. (*Emília senta no toco, muito assanhada; doutor Caramujo pega uma pílula, sem olhar, meio distraído, e oferece à Emília.*) Abra a boca... assim! (*Emília fica com a pílula na boca, de olhos arregalados.*)

NARIZINHO — Engula duma vez, Emília! E não faça careta, senão arrebenta o retrós dos olhos!

EMÍLIA — (*Após alguns esforços, engole a pílula, mexe-se, faz um esforço, arregala uns olhos de espanto e começa... a latir.*) Au, au!

NARIZINHO — (*Entusiasmada.*) Ela falou, doutor!

DOUTOR CARAMUJO — Claro! Foi para isso que ela tomou a pílula.

EMÍLIA — (*Desandando a latir mesmo.*) Auauau! Auauau! Au!

NARIZINHO — Agora chega, Emília. Fale direito!

EMÍLIA — (*Latindo em tom de "não posso".*) Auau! Auauau!

NARIZINHO — Que brincadeira é essa, Emília?

EMÍLIA — (*Desesperada.*) Auauauau! (*Latido lamentoso, quase uivo.*) Auauuuuuuu!

NARIZINHO — Doutor! Ela está latindo... e uivando... e ganindo!

DOUTOR CARAMUJO — (*Que prestou atenção, bate com a mão na testa.*) É mesmo! Que distração a minha: dei-lhe a pílula errada!

NARIZINHO — Errada?

DOUTOR CARAMUJO — Pois é. Em vez da pílula falante, de gente, dei-lhe a pílula latinte, de cachorro!

(*EMÍLIA LATE E GANE, DESESPERADA, PONDO AS MÃOS NA CABEÇA.*)

NARIZINHO — (*Aflitíssima.*) Coitadinha da minha boneca! Não fique assim, Emília! Doutor, faça alguma coisa!

DOUTOR CARAMUJO — Não se afobe, Narizinho. Vamos já dar um jeito nisso. (*Para Emília.*) Calma, dona Emília. Calma... a senhora precisa pôr para fora esta pílula, dona Emília... Precisa cuspi-la, já! Vamos, força! Enfie o dedo na garganta... assim... força! (*Emília, num esforço supremo, bota para fora a pílula e cospe-a longe.*) Pronto! (*Emília escorrega lentamente do toco e cai sentada no chão, meio tonta.*)

NARIZINHO — Emília! Você está melhor agora? Ela não diz nada, doutor!

DOUTOR CARAMUJO — Claro. Ela está tão muda como antes. Vou dar-lhe agora a pílula certa, não tenha receio. (*Procura com muito cuidado no punhado que tira do bolso, escolhe uma e oferece a Emília, que fecha a boca e faz que não, desconfiada.*)

NARIZINHO — Vamos, Emília. Você não quer falar? Vamos, sente-se no toco direitinho... (*Ajuda-a.*) Assim... E abra a boca! (*Emília faz que não.*)

DOUTOR CARAMUJO — (*Oferecendo a pílula.*) Vamos, dona Emília! Coragem!

NARIZINHO — (*Suplicando.*) Por favor, Emília! Emiliazinha do meu coração! Você não quer falar como gente, não quer conversar comigo? (*Emília faz que sim, comovida.*) Então, engula a pílula! Vamos, abra a boca... Assim... Depressa, doutor! (*Doutor Caramujo enfia a pílula na boca aberta da Emília.*)

NARIZINHO E DOUTOR CARAMUJO — (*Juntos.*) Um... dois... e três! (*Emília engole.*)

NARIZINHO — Pronto! Viu como foi fácil?

EMÍLIA — (*Começando a falar lentamente, muito admirada da própria capacidade, meio incrédula.*) Essa... essa... pílula... tem gosto de... gosma... (*Entusiasmada.*) Gosma! Gosma. Gosma. Gosma. Gosma. Gosma. Gosma.

NARIZINHO — Parece disco quebrado!

DOUTOR CARAMUJO — É assim mesmo. Ela ainda não se acostumou. É palavra encravada. Vamos ajudá-la. (*Pega Emília pelos ombros, enquanto ela fica repetindo "gosma, gosma" e dá-lhe uma chacoalhada.*)

EMÍLIA — (*Desencalhada.*) Gosma de casca de coruja. Doutor Coruja. Foi a coruja do doutor. (*Vitoriosa, apontando o doutor Caramujo.*) Foi o doutor Cara de Coruja!

NARIZINHO — (*Encantada.*) Muito bem, Emília. Só que não é doutor Cara de Coruja e sim doutor Caramujo.

EMÍLIA — Cara de Coruja.

NARIZINHO — Caramujo. Doutor Caramujo, Emília.

EMÍLIA — (*Já teimando.*) Doutor Cara de Coruja — CARA DE CORUJA! O doutor Cara de Coruja mandou as pa... po... pu... pílulas de falinha, para o meu cuspe subir mas a casca que eu engoli era falinha de chichorro...

NARIZINHO — Chichorro não, cachorro, Emília.

EMÍLIA — (*Teimosa.*) Chichorro! Então eu cuspi a casca de chichorro que estava no papo do sapo que cheirou a papoula e começou a roncar e daí o doutor cara de coruja meteu a pinça na pança do sapo e arrancou todas as casquinhas de falinhas e então eu comecei a latir que nem chichorro mas cara de coruja percebeu e meteu o dedo na goela e a garganta espirrou a casca da fala de chichorro e engoliu outra casca de falinha de gente daí a boneca começou a cantar melhor que gente e foi quando a rapadura percebeu que o açúcar tinha acabado e resolveu se queixar pro engenho. (*O fôlego de Emília, que fala tudo isso numa torrente só, vai acabando, e Narizinho aproveita para interromper.*)

NARIZINHO — (*Entre espantada e preocupada.*) Doutor Caramujo, o senhor não acha que é melhor fazer a Emília cuspir aquela pílula e engolir outra mais fraquinha?

DOUTOR CARAMUJO — Não é preciso. Ela que fale até cansar. Depois de algumas horas de falação ela sossega e fica como toda gente. Isso que está acontecendo com ela é fala recolhida que tem que ser botada para fora...

EMÍLIA — (*Reanimando-se, recomeça.*) Ele estava comendo o último focinho quando o milho do Rabicó desmanchou o laço de fita que o menino mandou pôr no chicote de cabo de bolinha porque a tia Nastácia enchia a macela da frigideira com retrós preto, foi quando eu senti a picada na caranda e o livro começou a falar com tanta força que ficou todo quadragésimo de tanto papar pipoca e daí apareceu a velha que virou bengala e começou a dar bengaladas na formiguinha...

(*DURANTE ESSA FALA COMPRIDA, NARIZINHO SENTA-SE COM AR DE RESIGNAÇÃO E FICA ESPERANDO ACABAR A FALA RECOLHIDA. DOUTOR CARAMUJO CRUZA OS BRAÇOS E FICA ESPERANDO TAMBÉM, ENQUANTO O PANO VAI SE FECHANDO SOBRE A CENA E O NARRADOR APARECE DIANTE DELE, COM O LIVRO NA MÃO.*)

NARRADOR — (*Enquanto o pano se fecha e ainda se ouve, cada vez mais fraca, a voz da Emília matraqueando sem parar.*) E assim, a boneca Emília aprendeu a falar. Revelou-se logo de início muito faladeira e asneirenta e, apesar de ter ficado mais de três horas botando para fora a fala recolhida, nunca mais deixou de ser faladeira e asneirenta como ela só!

PANO

O CASAMENTO DA EMÍLIA

Episódio da obra *Reinações de Narizinho*,
de Monteiro Lobato
Adaptação de Júlio Gouveia

Personagens

EMÍLIA — a boneca de pano.

NARIZINHO — sua dona e amiga.

PEDRINHO — primo de Narizinho.

RABICÓ — um leitão muito guloso.

TIA NASTÁCIA — a cozinheira negra e simpática.

VISCONDE DE SABUGOSA — senhor sábio e distinto, feito de sabugo de milho.

Cenário

Um recanto do Sítio do Picapau Amarelo, com a porteira do pasto de um lado e uma seta que diz "Sítio do Picapau Amarelo". Há um toco de árvore que serve de banco.

(*AO ABRIR O PANO ENTRAM, PELO LADO DA PORTEIRA, NARIZINHO COM EMÍLIA PELA MÃO, SEGUIDAS PELO RABICÓ, QUE TEM UM LAÇO DE FITA AMARRADO NO RABINHO.*)

NARIZINHO — Pronto, chegamos. Vamos ver se está tudo como o Pedrinho encomendou, na carta. Deixe ver se o seu vestido está em ordem, Emília.

EMÍLIA — (*Petulante.*) O meu vestido está ótimo e eu estou linda! (*Ajeita a saia e as trancinhas.*) É melhor você cuidar de si mesma, Narizinho: olhe as fitas!

NARIZINHO — Que fitas?

EMÍLIA — A fita do seu cabelo e também a fita do rabinho do Rabicó: se ele continuar se coçando assim contra a porteira, lá se vai o seu lindo laço! (*Sobe na porteira e começa a se balançar, e logo dá uma porteirada no Rabicó.*)

RABICÓ (*Grita de dor.*) — Coin, coin, coin!

NARIZINHO — Viu, Emília, o que você fez? Quantas vezes eu já lhe disse para não se balançar na porteira? Agora você machucou o Rabicó, pobrezinho! (*Faz massagem no lombo do Rabicó e arruma-lhe a fitinha do rabo.*)

EMÍLIA — Ora, que é que tem? Uma porteiradazinha à toa! Casando passa.

NARIZINHO — (*Rindo.*) Casando passa, essa é boa! Já pensou, o Rabicó casando e... (*Tem ideia.*) Casando!

EMÍLIA — (*Atenta ao trote de cavalo que se ouve, de fora.*) É ele, Narizinho! Pedrinho está chegando! Todo pimpão no pangaré!

VOZ DE PEDRINHO — (*De fora.*) Narizinho, Emília, estou aqui! (*Freia o cavalo.*) Sooo, pangaré! Cheguei, minha gente!

(*PEDRINHO ENTRA, COM O CHICOTE DE CABO DE PRATA NA MÃO, TODO ENTUSIASMADO.*)

NARIZINHO — Pedrinho! Até que enfim! (*Abraços e efusões.*)

PEDRINHO — Até que enfim, digo eu! Eu já estava morrendo de saudade de tudo isso, do Sítio do Picapau Amarelo, da vovó, da tia Nastácia, de tudo! Mas Narizinho, como você cresceu! E o Rabicó, engordou mais um pouco, hein, seu comilão! (*Rabicó vira-se para mostrar o rabinho.*) Estou vendo, você veio de laço de fita no rabinho, conforme eu encomendei. (*Emília se rebola toda no seu vestido novo.*) E você, Emília, como está chique no seu vestido novo!

EMÍLIA — (*Petulante.*) E então? Que é que o senhor esperava?

PEDRINHO — Eu esperava mesmo que... (*Interrompe-se, percebendo a novidade.*) Epa! O que foi isso? Você falou?

EMÍLIA — Só agora que o senhor percebeu? Essa gente da cidade não é muito viva não, hein, Rabicó?

PEDRINHO — Narizinho! A Emília está falando!

NARIZINHO — Falando, e como! Você não viu nada ainda! A Emília é a boneca mais faladeira e mais asneirenta do mundo!

EMÍLIA — Asneirento é o seu nariz arrebitado!

PEDRINHO — E respondona também, pelo que vejo. Mas como foi que aconteceu isso?

EMÍLIA — (*Assanhada.*) Foi o doutor Cara de Coruja com as pílulas falantes que o sapo tinha engolido e a barriga ficou estufada mas depois da operação o sapo desengoliu e eu engoli e o doutor Cara de Coruja...

PEDRINHO — (*Interrompe.*) Pare, Emília! Não estou entendendo nada!

NARIZINHO — Deixe, Pedrinho, depois eu explico tudo. Eu... (*Com intenção.*) Emília, corra na frente e avise em casa que Pedrinho já chegou... (*Pisca para Pedrinho.*) Corra, Emília!

EMÍLIA — De a pé, de a cavalo ou de avião?

PEDRINHO — De avião a jato!

EMÍLIA — Feito! Lá vou eu! (*Imita avião a jato.*) Venha, Rabicó!

(*Agarra-o pela orelha, ele guincha, "coin, coin", e saem os dois.*)

PEDRINHO — Você mandou a Emília na frente de propósito, não foi, Narizinho?

NARIZINHO — Bidu! Eu queria mesmo falar com você (*Confidencial.*) Tenho um plano, sabe: quero promover o casamento da Emília com o Rabicó.

PEDRINHO — Casar a Emília com o Rabicó! Que ideia legal! Nunca se viu casamento de boneca com leitão, será bárbaro! Eles já concordaram?

NARIZINHO — Eles nem sabem de nada ainda... Logo mais eu falo com eles. Agora vamos para casa correndo, que a vovó está esperando. (*Saem correndo de mãos dadas.*)

(*LOGO, PELO OUTRO LADO DO CENÁRIO, ENTRA RABICÓ, COM UMA BANANA EM CADA MÃO. SENTA-SE JUNTO DA PORTEIRA E COME, DANDO UMA DENTADA ORA NUMA ORA NOUTRA BANANA.*)

NARIZINHO — (*Entra, chamando.*) Rabicó! Marquês de Rabicóooo... Ah, você está aqui! E comendo, como sempre... (*Senta-se ao lado deles, fica formal.*) Senhor Marquês de Rabicó, eu preciso muito falar com o senhor.

RABICÓ — (*De boca cheia.*) Hum...

NARIZINHO — É a respeito duma coisa... uma proposta muito interessante que eu vim lhe fazer.

RABICÓ — (*Interessado, lambendo os beiços.*) Interessante? Então é coisa de comer!

NARIZINHO — Arre, que sujeito! Só pensa em comida! Não, é coisa muito mais importante ainda, eu vim lhe falar de casamento. Do SEU casamento, Marquês de Rabicó.

RABICÓ — O meu o quê?

NARIZINHO — Casamento. Ca-sa-men-to. Você já está em idade de se casar. Marquês que se preza não pode ficar solteiro a vida toda. (*Rabicó, desinteressado, volta às bananas.*) Então? Você quer casar, Rabicó? (*Cutuca-o.*) Responda, leitão! Quer?

RABICÓ — (*Indeciso.*) Eu... não sei... depende.

NARIZINHO — Depende do quê?

RABICÓ — Do dote, naturalmente. Se o dote for bom...

NARIZINHO — Dote não tem importância. (*Entusiasmada.*) Eu já tenho uma noiva formidável para você: uma condessa!

RABICÓ — Condessa? Não será a Condessa das Três Estrelinhas?

NARIZINHO — Essa mesma! A Condessa Emília! Aceita casar com ela, Marquês de Rabicó?

RABICÓ — (*Mastigando.*) — Não sei... se o dote for bom... (*Entusiasmando-se.*) Se o dote for bom... se me derem, por exemplo, dois sacos de milho, casarei com quem quiserem: com a cadeira, com a vassoura, até com a colher de pau.

NARIZINHO — Guloso! Pois olhe que vai fazer um casamentão!

RABICÓ — E o dote?

NARIZINHO — Está bem, está bem, você ganha seis espigas de milho verde de dote.

RABICÓ — Oito espigas.

NARIZINHO — Nada disso. Seis.

RABICÓ — Sete? Por menos de sete eu não posso casar.

NARIZINHO — Esganado! Não acha que é melhor seis espigas na mão do que sete voando? É seis ou nada. Feito?

RABICÓ — (*Resignado.*) — Tá bom. Feito.

NARIZINHO — Ótimo. Agora só falta falar com a Emília. Mas tem que ser conversa particular, você não pode assistir. (*Cutuca-o.*) Levante-se daí, Marquês de Rabicó. Saia pelo lado de lá e, se se encontrar com a Emília, fale para ela vir falar comigo, aqui na porteira do pasto. Vá, ande!

(*RABICÓ SAI EMPURRADO POR UM LADO E NARIZINHO VAI PARA O OUTRO, CHAMANDO: "EMÍLIA, EMÍLIA!" EMÍLIA VEM CORRENDO PELO LADO POR ONDE VAI SAINDO O RABICÓ, COLIDE COM ELE, OS DOIS CAEM SENTADOS, SE OLHAM FEIO, EMÍLIA JÁ VAI BATER NO RABICÓ, MAS NARIZINHO ACODE A TEMPO PARA SALVÁ-LO.*)

NARIZINHO — Calma, calma, deixem disso! Vá embora, Rabicó! Emília, venha cá, eu preciso falar com você!

EMÍLIA — Se precisa falar, então fale logo.

NARIZINHO — É coisa séria, Emília. (*Fica formal, pigarreia.*) Senhora Condessa, acho que é tempo de mudar de vida. Precisa casar, senão acaba ficando para tia. Logo mais vem um distinto cavalheiro pedir a sua mão em casamento.

EMÍLIA — Não estou interessada. Não tenho gênio para aturar marido e depois, neste sítio, não conheço ninguém que mereça a honra de casar comigo.

NARIZINHO — Como não? E o Rabicó? Não acha que é bom partido?

EMÍLIA — O Rabicó! Era só o que faltava, eu casar com um porco, e ainda por cima guloso e medroso!

NARIZINHO — Está enganada, Emília. O Rabicó é porco só por enquanto. Estive sabendo que o Rabicó é príncipe dos legítimos, que uma fada má virou em porco, e porco ficará até que ache um anel mágico escondido na barriga de certa minhoca. Por isso é que o Rabicó vive fuçando a terra atrás de minhoca!

EMÍLIA — *(Interessada.)* Príncipe? Isso é muito interessante! *(Para o público, confidencial.)* Para virar princesa eu sou capaz de casar até com a lata de lixo! *(Para Narizinho.)* Mas você tem certeza, Narizinho?

NARIZINHO — Certeza absoluta! Quem me contou foi justamente o pai do Rabicó, o senhor Visconde de Sabugosa, um senhor muito distinto que vem fazer o pedido de casamento.

EMÍLIA — *(Desapontada.)* Visconde? Então o pai deste príncipe é apenas Visconde? Eu quero casar com príncipe filho de rei.

NARIZINHO — Você não entende nada. Ele é rei, naturalmente, mas está disfarçado, porque não quer ser reconhecido, senão lhe pedem muitos autógrafos. Ele até usa cartola o tempo todo, para esconder o sinal de coroa que tem na testa.

EMÍLIA — *(Pensa um pouco, com o dedinho na testa.)* Pois bem, aceito. Caso-me com o Rabicó, mas não vou morar com ele enquanto ele não desvirar em príncipe de novo.

NARIZINHO — Muito bem. Neste caso, vá preparar-se para receber o Visconde, que não deve tardar!

EMÍLIA — *(Já entusiasmada.)* Vou ventando. *(Sai ventando.)*

NARIZINHO — *(Só.)* E agora, preciso arranjar um Visconde de Sabugosa, mais que depressa. E isto é serviço para o Pedrinho. *(Chama.)* Pedrinho! Pedrinho!

PEDRINHO — (*Entra.*) O que foi, Narizinho? Conseguiu convencer os "noivos"?

NARIZINHO — Que dúvida, foi fácil. Só que agora você precisa me arranjar, mais que depressa, um visconde de sabugo, bem respeitável, de cartola na cabeça e sinal de coroa na testa, que é para ele pedir a mão de Emília em casamento.

PEDRINHO — Visconde de sabugo? Que história é essa?

NARIZINHO — Enganei a boba da boneca que o Rabicó é filho do Visconde Sabugosa, que é um rei disfarçado, e que os dois, pai e filho, foram encantados por uma fada, e só serão desencantados quando o Rabicó encontrar um certo anel mágico na barriga de certa minhoca!

PEDRINHO — (*Rindo.*) E a boba caiu nesta patranha?

NARIZINHO — Caiu como um patinho. Ficou toda entusiasmada e declarou que casará com o Rabicó, mas só irá morar com ele quando ele virar príncipe novamente. Como é, você acha que pode fabricar um Visconde de Sabugosa?

PEDRINHO — É coisa de cinco minutos. É só pegar um sabugo no chiqueiro do Rabicó... Pode ir buscar a Emília, que eu volto logo com o Visconde!

(*SAEM CADA UM POR UM LADO.*)

(*DURANTE A LIGEIRA PAUSA QUE SE SEGUE, O RABICÓ ENTRA CORRENDO NO CENÁRIO, PERSEGUIDO POR TIA NASTÁCIA, QUE CORRE ATRÁS DELE, GRITANDO.*)

NASTÁCIA — Espere aí que eu te agarro, leitão duma figa! Eu já te ensino a entrar na minha cozinha pra roubar fubá!

(*RABICÓ ATRAVESSA O PALCO E SOME GUINCHANDO, "COIN, COIN, COIN". TIA NASTÁCIA, ESBAFORIDA, PARA PARA TOMAR FÔLEGO.*)

NASTÁCIA — Fugiu de novo. Eta leitão esganado. Mas eu ainda agarro ele, ora se agarro! (*Sai.*)

(*LOGO ENTRA PEDRINHO, TRAZENDO PELA MÃO O VISCONDE DE SABUGOSA, QUE AINDA PISA INSEGURO E DURINHO, MEIO TONTO.*)

PEDRINHO — (*Radiante com sua obra.*) Ficou ótimo! Narizinho vai gostar!

VISCONDE — (*Pigarreia.*) Hum, hum... (*Olha para o próprio corpo, apalpa-se.*) Hum... o que será isso? (*Assusta-se com a sua própria voz de taquara rachada.*) Ui! Parece que estou falando. Nunca vi milho falar, quanto mais sabugo!

PEDRINHO — (*Deliciado, faz um cumprimento elegante.*) Boa tarde, senhor Visconde de Sabugosa!

VISCONDE — (*Olha em volta.*) Visconde? Onde está ele?

PEDRINHO — Aqui, é o senhor mesmo!

VISCONDE — Eu? Como é que o senhor sabe?

PEDRINNHO — Ora, eu tenho de saber: eu sou o Pedrinho, fui eu que fiz o senhor.

VISCONDE — Foi? Então somos parentes?

PEDRINHO — Parece. Como tem passado?

VISCONDE — Melhor, desde que saí daquele chiqueiro. Agradeço ter-me tirado de lá. Aquele monstro que mora lá dentro me roeu por todos os lados.

PEDRINHO — Não fale assim de Rabicó, que ele é seu filho.

VISCONDE — MEU filho? Aquele porco?

PEDRINHO — Pois é. E o senhor está aqui para pedir a mão de uma jovem em casamento para ele.

VISCONDE — Eu?!

PEDRINHO — O senhor. O caso é que... (*Interrompe-se.*) Mas elas já vêm vindo. Venha cá que eu lhe explico tudo bem depressa, e a gente volta logo para fazer o pedido.

(*SAEM POR UM LADO E, IMEDIATAMENTE, NARIZINHO E EMÍLIA ENTRAM PELO OUTRO, EMÍLIA TODA NERVOSA.*)

NARIZINHO — Não fique nervosa assim, Emília. Eles já vêm já, e não fica distinto uma noiva ficar assim cheia de dedos.

EMÍLIA — Mas que é que eu posso fazer, se estou aflita?

NARIZINHO — Pode fazer de conta que está calma. Venha, sente-se aqui. (*Mostra o toco.*) e fique bem distinta. Faça cara de gente fina...

EMÍLIA — (*Senta-se em pose "distinta".*) Assim está bem?

NARIZINHO — Está ótimo. Mas pssst! Aí vêm eles.

PEDRINHO — (*Entra na frente.*) — Com licença...

NARIZINHO — (*Formal.*) — Quem é?

PEDRINHO — Tenho a honra de anunciar a visita do ilustre Senhor Visconde de Sabugosa que tem um assunto muito importante a tratar com a senhora Emília, Condessa das Três Estrelinhas.

(*EMÍLIA SE REMEXE, NERVOSA.*)

NARIZINHO — Teremos muito prazer em receber Sua Excelência.

PEDRINHO — Faça o favor de entrar, senhor Visconde.

VISCONDE — (*Entra, ajeitando a cartola, um pouco nervoso, aproxima-se e faz uma reverência profunda e desajeitada.*) Minhas senhoras... Tenho a honra de cumprimentá-las...

NARIZINHO — Muito prazer, senhor Visconde. Puxe uma cadeira e sente-se no chão. Qual é o assunto importante que o traz aqui?

VISCONDE (*Pigarreia.*) — Hum, hum... O assunto importante é que eu vim pedir a mão da senhora dona Emília, Condessa das Três Estrelinhas, em casamento para o meu filho, o ilustre Marquês de Rabicó.

EMÍLIA — Que voz de taquara rachada!

NARIZINHO — Cale a boca, Emília! (*Para o Visconde.*) É muita honra, senhor Visconde. Creia que fico muito satisfeita de saber que seu filho é Marquês.

E como vai a sua esposa, a senhora Viscondessa, dona Palha de Milho?

VISCONDE — (*Suspira.*) Ah... eu sou viúvo. Dona Palha de Milho, minha mulher, foi comida pela vaca mocha. (*Enxuga uma lágrima.*)

NARIZINHO — Meus pêsames, senhor Visconde.

EMÍLIA — Ora, a vida é assim mesmo, uns comem os outros: as vacas comem o milho e a gente come as vacas...

VISCONDE — É verdade. Vejo que a senhora dona Emília é muito espirituosa.

EMÍLIA — Lá isso eu sou. Boneca de pano recheada de macela é assim mesmo.

VISCONDE — E é modesta também, além de linda.

EMÍLIA — Eu também acho.

VISCONDE — Que encanto! Terei a mais subida honra de receber no seio da minha nobre família esta encantadora condessa.

NARIZINHO — Ela é prendada também. Sabe tocar vitrola, sabe costurar: este vestido foi ela mesma quem fez! Mostre o vestido, Emília! (*Emília não se faz de rogada e "desfila" com o vestido.*)

VISCONDE — Muito bonito! Só que a saia me parece um pouco curta.

NARIZINHO — É que a Emília tem as pernas grossas. O senhor sabe, Emília é recheada de macela e uma vez ela caiu no riacho e a macela estufou, por isso é que ela está assim gordinha. Mas ela acha bonito e gosta de mostrar as perninhas.

EMÍLIA — Gosto mesmo. Isso é pra quem pode, quem não pode se sacode!

NARIZINHO — (*Desconversando.*) Senhor Visconde, acho que o senhor deveria nos dar algumas informações a respeito do seu filho, o Marquês de Rabicó.

VISCONDE — Ah, sim. Ele tem muito bom gênio, não é briguento nem provocador. Quanto ao mais, gosta de dormir ao sol e tem um hábito um pouco estranho: gosta de fuçar a terra para descobrir minhocas.

NARIZINHO — (*Piscando para Emília.*) Isto não tem importância: todo mundo tem direito a uma esquisitice, não é, Emília?

EMÍLIA — É sim. Depois, nunca se sabe o que se pode encontrar na barriga duma minhoca: não se sabe se pode achar um anel numa... (*Narizinho a cutuca e ela se cala.*)

NARIZINHO — Quer dizer então que o senhor Marquês de Rabicó só tem virtudes e nenhum defeito?

VISCONDE — Para falar a verdade, defeito ele tem um só: é muito guloso, come tudo o que encontra. Não respeita nada.

EMÍLIA — Que nojo! Pois, se casar comigo, só há de comer coisas gostosas e cheirosas.

VISCONDE — Quer dizer que a senhora aceita casar com ele?

NARIZINHO — Não olhe para mim, Emília. É você mesma que tem que resolver!

EMÍLIA — Se eu casar, viro marquesa e depois princesa?

VISCONDE — Marquesa de Rabicó, nora do Visconde de Sabugosa.

EMÍLIA — Então, aceito!

NARIZINHO — Ótimo. Está tudo resolvido. Senhor Visconde, abrace sua nora, a futura Marquesa de Rabicó.

(*VISCONDE VAI ABRAÇAR EMÍLIA, MUITO ENCABULADO. ELA TAMBÉM FICA ENCABULADA, MAS GOSTA E O ABRAÇA DE VOLTA. ENQUANTO ISSO, NARIZINHO E PEDRINHO "COCHICHAM" ALTO.*)

NARIZINHO — Vamos marcar o casamento para hoje mesmo, à tardinha.

PEDRINHO — Vou correndo fazer os convites e encomendar o bolo à Tia Nastácia. (*Sai correndo.*)

NARIZINHO — (*Para os outros dois.*) Então, está tudo combinado?

VISCONDE — Certo. E agora, peço licença para me retirar, preciso repousar um pouco antes do casamento, pois fiquei muito emocionado. (*Sai.*)

EMÍLIA — (*Assanhada.*) Ai! Eu também estou emocionada! A minha macela está tremendo toda, por dentro!

NARIZINHO — É assim mesmo. Noiva tem que ficar nervosa.

EMÍLIA — (*Num susto.*) Xiii!

NARIZINHO — O que foi?

EMÍLIA — Eu não tenho véu de noiva!

NARIZINHO — Isto não é problema. Fazemos um com o mosquiteiro velho! Vamos, Emília, temos que cuidar da vida!

(*ELAS SAEM POR UM LADO E PEDRINHO ENTRA PELO OUTRO, TRAZENDO UMA MESINHA QUE PÕE DE UM LADO DO PALCO, OLHA BEM, APROVA E SAI. IMEDIATAMENTE, PELO OUTRO LADO, ENTRA NARIZINHO, TRAZENDO UMA TOALHA QUE PÕE SOBRE A MESA. NEM BEM ELA TERMINA, ENTRA TIA NASTÁCIA, TRAZENDO O BOLO.*)

NARIZINHO — Tia Nastácia! Bolo com pombinhos e tudo!

NASTÁCIA — (*Sorrindo largamente.*) Então! Quando aquele menino pede, ninguém "reséste". Não sei dizer não pro Pedrinho.

NARIZINHO — Tia Nastácia, você é um anjo. (*Beija-a estabanadamente.*)

NASTÁCIA — (*Ralhando.*) Cuidado, menina, que se derrubar o bolo não dá tempo de fazer outro! (*Põe o bolo na mesa com cuidado.*)

NARIZINHO — Está lindo, tia Nastácia! Vai ser um casamentão!

NASTÁCIA — (*Balança a cabeça.*) Coisa maluca! Já se viu, casar boneca com leitão!

NARIZINHO — Não se viu, mas vai se ver hoje!

NASTÁCIA — E eu que ia agarrar o Rabicó hoje, porque o danado me revirou todo o fubá na cozinha! Quase que ele vira assado!

NARIZINHO — Nada de agarrar o Rabicó agora, Tia Nastácia! Você não quer que a Emília fique viúva antes do tempo, quer?

(*EMÍLIA ENTRA, ATRAPALHADA COM O VÉU DE MOSQUITEIRO.*)

EMÍLIA — (*Desconsolada.*) Narizinho, eu não consigo colocar esta joça...

NARIZINHO — Venha cá, que eu ajudo...

EMÍLIA — (*Nervosa.*) Ligeiro, que está quase na hora do casamento!

NARIZINHO — Também, já está tudo pronto. Venha, você tem que ficar aqui, para entrar junto com o noivo. (*Leva a Emília para o lado do palco que fica mais afastado da mesa com o bolo.*) Espere aqui. Pronto! Lá vem o noivo! (*Volta até a mesa.*)

(*PELO OUTRO LADO, ENTRAM PEDRINHO E RABICÓ, SEGUIDOS PELO VISCONDE, QUE VEM MUITO EMPERTIGADO. RABICÓ FAZ OLHOS COMPRIDOS PARA O BOLO.*)

PEDRINHO — (*Parando junto da mesa com o bolo.*) Nós ficamos aqui. E o senhor, Marquês de Rabicó, vai buscar a noiva e vem aqui, trazendo-a pelo braço. (*Rabicó obedece a contragosto.*).

NASTÁCIA — (*Balança a cabeça.*) Casamento de leitão com boneca... onde já se viu...

NARIZINHO — Você já vai ver já. Senhor Visconde, fique aqui ao meu lado. Agora, os noivos podem vir.

PEDRINHO — Tudo pronto? Então, vamos tocar a marcha nupcial. (*Pedrinho e Narizinho fazem corneta* com as mãos e cantam a marcha nupcial: "Lá, lalalá! Lá, lalalá!" etc., enquanto Rabicó e Emília vêm se aproximando em passo solene. Quando já estão bem perto, Narizinho bate com a mão na testa.)

NARIZINHO — Xiii! Esquecemos o padre!

PEDRINHO — Esquecemos nada. O padre sou eu. (*Faz cara de padre, junta as mãos sobre a barriga e fala com voz untuosa.*) Os noivos podem se aproximar. (*Emília e Rabicó ficam na frente dele.*) Senhor Marquês de Rabicó! Aceita a senhorita Emília, Condessa das Três Estrelinhas, como sua legítima esposa? (*Rabicó não responde, distraído, com os olhos no bolo e lambendo os beiços.*)

NARIZINHO — (*Dá-lhe um cutucão.*) Rabicó!

RABICÓ — Hein?

PEDRINHO — Aceita a Emília como sua legítima esposa?

RABICÓ — (*Sem tirar os olhos do bolo e lambendo os beiços.*) A... aceito.

PEDRINHO — Senhora Emília, Condessa das Três Estrelinhas, aceita o senhor Marquês de Rabicó como seu legítimo esposo?

EMÍLIA — (*Solene.*) Aceito!

PEDRINHO — Então eu os declaro marido e mulher. Meus parabéns!

NARIZINHO — (*Enxuga uma lágrima de comoção.*) Meus parabéns, Emília. (*Começa uma confusão de braços, efusões, gritos de "parabéns, felicidades" etc., e o Rabicó aproveita a distração de todos para se esgueirar por entre as pernas dos outros até à mesa, onde ataca o bolo sem dó nem piedade, com ambas as mãos e o focinho também, lambuzando-se todo na ânsia de comer muito em pouco tempo.)*

NARIZINHO — (*No meio do grupo.*) Eu ainda nem abracei o Rabicó, onde está o... (*Vê o Rabicó e dá o alarme.*) O bolo! Acuda o bolo, Pedrinho! O noivo está dando cabo do bolo!

EMÍLIA — (*Desconsolada.*) Oh, que vexame!

PEDRINHO — (*Louco da vida.*) Rabicó! Ladrão! Leitão duma figa! Largue o bolo, marquês de meia tigela! (*Avança para Rabicó, que enfia a cara inteira no bolo e sai correndo. Pedrinho tenta pegá-lo, não consegue, ele escapa por um dos lados, perseguido por tia Nastácia.*)

NASTÁCIA — (*Correndo atrás de Rabicó.*) Eu não disse, leitão é leitão mesmo! Espera que eu te agarro! (*Chorando de raiva.*) O meu lindo bolo...

EMÍLIA — (*Chorando de raiva.*) O meu lindo bolo! O meu lindo casamento! Oh, oh, oh! Eu bem que não estava querendo casar com o Rabicó! É um tipo muito ordinário que não sabe respeitar uma noiva! (*Enxuga as lágrimas com o véu.*) Oh, oh, oh!

NARIZINHO — (*Consolando-a.*) Não chore, Emília, Rabicó é muito ordinário, não nego, mas com o tempo irá criar juízo...

VISCONDE — Estou tão envergonhado pelo comportamento do meu filho!

EMÍLIA — É para ficar envergonhado mesmo! Uh, uh, uh! E eu que já estou casada com ele!

NARIZINHO — Acalme-se, Emília... Rabicó vai melhorar com o tempo! Depois, lembre-se que um dia ele vira príncipe e faz de você uma princesa!

PEDRINHO — (*Interrompe, danado da vida.*) Princesa coisa nenhuma, Emília! Narizinho bobeou você!

NARIZINHO — (*Dá-lhe um pontapé na canela.*) Pedrinho! Traidor!

PEDRINHO — (*Pulando num pé só.*) Bobeou, sim! Rabicó nunca foi nem será nada mais do que um porco, e dos mais porcalhões!

EMÍLIA — (*Horrorizada.*) Então... ele nem é... príncipe? Ohhh! (*Cai para trás num chilique, de pernas para o ar. Todo mundo acode para abaná-la, formando um grupo fechado diante dela, de costas para o público. Nisso, Emília escapa, andando de quatro, por entre as pernas dos outros e vem para a frente da cena, arrancando o véu da cabeça, furiosa.*)

EMÍLIA — (*Para o público.*) Se aquele leitão pensa que vou algum dia morar com ele, está enganado! Enganadíssimo do tamanho dum bonde! Posso estar casada com ele, mas estou separada dele para todo o sempre! E estes aí (*Mostra os outros com o dedão.*) nunca mais vão me fazer de boba! Foi a primeira e a última vez! De agora em diante, quem vai fazer eles de bobos, sou eu: Emília, Condessa das Três Estrelinhas, Marquesa de Rabicó, sabichona número um do Sítio do Picapau Amarelo!

PANO

Observação: Estas peças devem ser representadas por jovens do Ensino Fundamental II e Médio para ser vistas por crianças do Ensino Fundamental I.

"... então... bem, mas isto já é uma outra história que fica para uma outra vez."

Júlio Gouveia

O TEATRO PARA CRIANÇAS E ADOLESCENTES

Bases psicológicas, pedagógicas, técnicas e estéticas para a sua realização.

Júlio Gouveia

Ensaio-tese apresentado no Primeiro Congresso Brasileiro de Teatro
Rio de Janeiro — 1954

Desnecessário seria enfatizar que, entre as várias funções do teatro para crianças, uma das mais importantes — talvez a mais importante — é a função de educar. É óbvio que a função de educar não deve ser interpretada meramente no sentido estrito e rigoroso de conduzir, domar ou domesticar. Educar é fornecer os instrumentos intelectuais, morais e éticos necessários à criança (e ao ser humano em geral) visando à sua integração individual, familiar e social, consciente e responsável. Educar é fornecer ao indivíduo condições para percorrer em pouquíssimo tempo o longo e árduo caminho de milênios que levou do homem primitivo ao homem civilizado, através do aprendizado por *trial and error*, ao relacionamento humano autêntico e construtivo, ou seja, a aprender que é preciso respeitar para ser respeitado e, assim, garantir a sua tranquilidade pessoal e o bem-estar social.

No palco, devemos criar situações e conflitos que precisam ser resolvidos. E a maneira encontrada para essa solução vai desencadear na criança processos mentais que a levarão a formular conceitos de comportamento e de relacionamento adequados para o desenvolvimento harmonioso da sua personalidade. Assim, a maior assiduidade da criança ao bom teatro acaba por colocá-la em contato com toda sorte de situações e conflitos, ampliando, por extensão, os seus próprios processos mentais. Através deste mecanismo, o teatro se torna uma das poucas agências educacionais que, ao invés de "fazer a cabeça" da criança (expressão horrorosa, tão em moda nos nossos dias), *abre* a cabeça da criança, tornando-a apta a avaliar por si mesma o "bom" e o "mau", o "certo" e o "errado". Esta criança vai deixando de "engolir sem mastigar" julgamentos aprioristicos baseados nos conceitos deturpados, viciados e falsos (melhor dito, preconceitos) adquiridos por contaminação da maioria dos adultos. Preconceitos e imensurável e estúpido acirramento, que com tanta frequência criam neuroses e acabam sendo os principais responsáveis pelo encaminhamento do adulto ao psiquiatra.

Porém não há dúvida de que o teatro para crianças tanto pode contribuir para a educação como para a deseducação. Depende do grau de competência e seriedade do autor e do diretor e até mesmo do mais obscuro dos atores. Certa vez perguntaram a Stanislavsky, o grande teatrólogo russo criador do "método" que leva seu nome, como deveria ser o teatro para crianças. Ele pensou um instante e respondeu: "Igual ao dos adultos, só que melhor". Concordamos, porém em termos, já que os critérios aqui não podem ser absolutos e sim relativos, pois, se cada público tem o teatro que merece, nenhum teatro pode ir além das possibilidades do seu próprio público. E, por isso, convém indicar quais as medidas que devem ser postas em prática a fim de preparar públicos cada vez melhores, tanto qualitativa como quantitativamente, para produzir a "reação em cadeia" que, ao dar ao público um teatro cada vez mais qualificado, cria ao mesmo tempo um público cada vez mais exigente e melhor para o teatro.

Portanto, no teatro como na medicina, ao lado das medidas curativas, isto é, a reeducação dos adultos imbuídos de preconceitos — tarefa ingrata, lenta e de resultados duvidosos —, teremos de utilizar também e principalmente os métodos profiláticos, a saber: evitar na criança a formação de concepções falsas, desenvolver o interesse pelas coisas de teatro, e, divertindo-a, elevar o nível intelectual e artístico das novas gerações. Dessa forma, chegaremos mais depressa ao dia em que o teatro, tanto o infantil como o adulto, poderá contar com um público numeroso, consciente e de padrão cultural elevado.

Assim, fica claro que, enquanto o teatro para adultos deve ser encarado pelo aspecto cultural, o teatro para crianças e adolescentes só pode ser considerado como educativo — o que nos obriga imediatamente a colocá-lo no âmbito da pedagogia (aplicada), lembrando sempre que "o teatro é para a criança, e não a criança para o teatro", que a principal finalidade do teatro para crianças não consiste apenas em formar para o futuro um público adulto de boa qualidade, mas implica primordialmente determinadas influências psicológicas de alcance muito maior do que se pensa usualmente.

E isto porque todos os acontecimentos do palco passarão a fazer parte do subconsciente da criança, constituindo "engramas" e contribuindo para a formação daquele fabuloso depósito mais ou menos inconsciente de ideias e emoções, que terá posteriormente uma tremenda participação na inteligência, na sensibilidade e no comportamento da pessoa adulta.

Educar uma criança é integrar a sua personalidade dentro da sociedade, sem prejuízo do senso crítico; é iniciar o processo de maturação que se prolongará por toda a existência do indivíduo. Esta integração e este amadurecimento, que constituem a base da saúde mental ideal, requerem uma harmonia perfeita entre o intelecto e as emoções; emoções que necessitam de treino, e este treino das emoções só pode ser conseguido através da participação efetiva em experiências pessoais verdadeiras.

Entretanto, é claro que experiência real, em todas as situações da vida, não é possível nem desejável, especialmente em se tratando de crianças. Constatou-se, porém, que as experiências pessoais imaginadas também podem servir para exercitar e desenvolver as emoções, desde que constituam verdadeiras experiências, vivências acompanhadas de participação afetiva. Podemos, pois, valer-nos de experiências imaginárias, "vicariantes" ou "vicárias", realizadas por projeção, para, através de expressões emocionais, encarar de perto todas as relações e reações humanas. E o melhor elemento de que dispomos, para isso, é o teatro.

A experiência já demonstrou sobejamente, nos Estados Unidos, na União Soviética e em alguns países europeus, onde foram feitas pesquisas sobre o público teatral, que a integração e o amadurecimento da personalidade avançam um passo a cada experiência estética fornecida pelo teatro. E quanto mais verdadeira, autêntica, for a experiência estética, tanto mais profundo será o resultado educativo.

Assim sendo, o valor de uma peça para crianças, ou de uma peça para adolescentes, não deve ser julgado apenas em função da sua popularidade (embora este seja um ingrediente importante), ou do resultado financeiro, mas, sim, através da sua contribuição para o desenvolvimento intelectual, emocional e estético dos espectadores.

A primeira conclusão de tais fatos é que toda peça para crianças e adolescentes deve apresentar um conflito perfeitamente delineado, com personagens bem caracterizados e uma situação absolutamente clara, para que o jovem espectador, através da identificação com um dos personagens (ou com uma situação) sofra uma experiência, uma vivência pessoal verdadeira, com a correspondente participação emocional. Uma peça sem conflito, sem "nó dramático", pode até resultar numa contribuição estética de qualidade, mas a permanência dessa contribuição e a sua incorporação à personalidade da criança serão duvidosas — justamente por faltar a participação afetiva que só um conflito pode produzir, porque somente essa participação afetiva é capaz de fixar o resultado das experiências vividas.

O segundo princípio básico do teatro para crianças e adolescentes é que o gosto, o interesse e a preferência desse público não podem ser avaliados e julgados diretamente pelos adultos, pois o mundo da criança é para o adulto um mundo diferente, estranho e fechado. Entre as maneiras de avaliar o interesse das crianças, devem ser recusadas e imediatamente postas de lado as seguintes:

1 — Julgar exclusivamente em função das manifestações de entusiasmo ou de júbilo durante o espetáculo, pois não só é muito fácil provocar essas manifestações das crianças — o que absolutamente não implica boa qualidade do espetáculo — como também é muito difícil distinguir se tais manifestações partem propriamente do público infantil ou dos adultos que usualmente estão presentes na plateia, "incentivando" (ou tolhendo) as crianças.

2 — Entrevistar as crianças diretamente. E isto porque nenhum adulto deve pensar ou esperar que uma criança lhe confie a sua opinião real, pois mesmo que a criança estivesse disposta a isso (o que é raro) não saberia como fazê-lo. Além do que, a própria situação de entrevistado cria neste uma inibição. E mesmo que a criança responda, o mais provável é que ela queira "agradar" o adulto e procure dizer o que imagina que este espera dela.

A única maneira de tentar vislumbrar o que se passa no íntimo de uma criança é através da experiência e da observação, abstraindo tanto quanto possível a situação adulta do observador, aplicando todos os conhecimentos de psicologia infantil e da pedagogia e empregando o método científico clássico: a) observação; b) hipótese para interpretação do fato observado; c) experiência provocada para verificar a exatidão da hipótese; d) nova observação, com consequente confirmação ou desmentido da primeira interpretação. Este processo, que é utilizado há muitos anos na União Soviética e é aplicado também nos Estados Unidos, consiste no seguinte:

O autor escreve uma peça, que supõe apropriada para crianças de determinados limites de idade, entrega-a ao diretor artístico especializado, o qual monta a peça e apresenta-a a um público-padrão, constituído de crianças de idades dentro daqueles limites e com características psicológicas conhecidas. Durante o espetáculo, o diretor artístico, o autor e alguns educadores e especialistas em psicologia infantil observam e anotam todas as reações do público e tiram fotografias (com infra-vermelho) sincronizadas do palco e da plateia em determinadas passagens da peça. E é de acordo com essas observações que a peça será aprovada, modificada ou rejeitada para o público daquela faixa etária. Neste último caso, o processo repete-se com públicos de idades maiores ou menores, até se encontrar o público certo para a peça ou se resolver que ela não serve para crianças, mesmo alterando o texto. (É claro que isto é bem mais difícil no Brasil, por ora, enquanto ainda não se estabeleceu o hábito salutar de se levar as crianças ao teatro em turmas escolares.)

Para avaliar o interesse e as preferências do público jovem, o inquérito por escrito pode dar bons resultados, conforme constatamos em experiência realizada pela União Paulista de Educação, com cerca de mil crianças. O inquérito que realizamos baseia-se numa série de perguntas preparadas pelo professor Solon Borges dos Reis. As perguntas são formuladas por escrito e sem intervenção da professora. O exame e a comparação das respostas darão informações bastante precisas, especialmente se o mesmo inquérito for realizado com o mesmo público depois de diversos espetáculos, com peças diferentes.

De uma forma ou de outra, no teatro para crianças e adolescentes, a peça deve ser apropriada para o público, partindo-se do ponto de vista deste e não do adulto. E para tanto precisamos conhecer o público infantil, estudar seu comportamento durante e depois do espetáculo e apresentar as conclusões aos autores das peças, para que eles possam produzir textos cada vez melhores e capazes de orientar os jovens, tanto do aspecto estético como do pedagógico, sem jamais esquecer o lúdico. Fazemos nossa a frase com que John E. Anderson encerrou o 6º Congresso Americano de Teatro para Crianças: "Encerro a minha contribuição para este Congresso com o voto para a maior e melhor observação e estudo das reações das crianças nos teatros, pois uma pessoa sentada a uma escrivaninha, por mais competente que seja, dificilmente poderá nos dizer o que convém às crianças, orientando-nos nesse mundo maravilhoso e cheio de mistério que é a alma infantil."

O terceiro ponto básico no teatro para crianças decorre do segundo: é a necessidade de separar o público de acordo com as idades. O desenvolvimento mental, emocional e intelectual é tão diferente nas diversas idades que apresentar uma peça a um público heterogêneo, formado por crianças de 4 ou 5 anos ao lado de crianças de 10, 11 ou 12, é simplesmente absurdo e tão obviamente errado que dispensa comentários — especialmente se nos lembrarmos de que até para frequentar a escola primária ou o ginásio[2] há limites de idade,

---

2. A escola primária e o ginásio correspondem atualmente ao Ensino Fundamental.

de acordo com a legislação. Aliás, a maneira mais lógica e mais viável de separar por idades o público dos espetáculos é em função do ciclo escolar: pré-escola ou jardim de infância, escola de 1º grau ou de 2º grau[3], constituindo este último o público do teatro para adolescentes propriamente dito.

Infelizmente, porém, a separação por idade nem sempre é possível entre nós, já que poucas escolas levam os alunos ao teatro, e os pais ainda não desenvolveram o hábito de levar os filhos aos espetáculos teatrais (onde os há), muito menos de verificar a que faixa etária essa ou aquela peça é adequada. Mas nem por isso a separação por idades deixa de ser desejável, e devemos realizá-la sempre que possível, evitando assim que os nossos espetáculos sejam prejudiciais para as crianças pequenas e insuficientes e insatisfatórios para as maiores. E para isso seria bom que os jornais e revistas (e a imprensa em geral) mantivessem sessões permanentes de crítica e informação sobre teatro infantil, para orientação de pais e mestres.

Entrelaçada com a questão da separação por faixas etárias, como **quarto ponto básico** está a questão dos personagens maléficos, as bruxas, os vilões e outros "adversários" necessários. Consideremos aqui dois pontos:

1 — As atitudes dos personagens, as situações em que eles se encontram e os conflitos que enfrentam podem e devem ser dosados e controlados, na medida em que as situações e as personalidades dos personagens sejam tais, que já contenham em si todas as possibilidades de uma solução plausível

---

[3]. A pré-escola, ou jardim-da-infância, corresponde, atualmente, à Educação Infantil (crianças de 0 a 6 anos) e a escola de 1º e 2º graus correspondem, respectivamente, ao Ensino Fundamental e ao Ensino Médio.

(e o plausível da criança certamente não exclui o mágico) e satisfatória. Nessas condições, qualquer emoção sofrida pela criança em sua identificação com o personagem só poderá ser benéfica (e catártica), pois servirá para mostrar a ela que as dificuldades devem ser enfrentadas e podem ser vencidas, dominadas ou ultrapassadas. De qualquer forma, o "final feliz" é necessário e importante para a criança, especialmente a menorzinha.

2 — É evidente que a idade das crianças, aqui mais do que em qualquer outro ponto, é elemento de capital importância. Pois o mesmo acontecimento, ou personagem, ou situação, que para uma criança de 10 ou 11 anos seria apenas interessante, às vezes até ingênuo demais, às vezes cômico, ou no máximo emocionante, para uma criança de 5 ou 6 anos pode apresentar-se como terrivelmente dramático ou mesmo constituir motivo de pânico.

Assim sendo, se outras razões não existissem, esta seria suficiente para que em todos os espetáculos para crianças houvesse sempre pelo menos a indicação das idades apropriadas para aquela determinada peça. E esse cuidado é também de capital importância nas peças para pré-adolescentes e adolescentes, pois estes, em consequência das suscetibilidades características da fase que atravessam, tenderão a se afastar dos espetáculos teatrais, se as peças que lhes dermos apresentarem "infantilidades" impróprias para a sua dignidade de "gente grande". Entretanto, não há dúvida de que existem textos e espetáculos com vários níveis de leitura, que podem ser assistidos com proveito por um público heterogêneo — mas são casos especiais.

O quinto ponto básico a considerar na realização do teatro para crianças e adolescentes é a questão da "participação". Participação, em última análise, nada mais é do que demonstração de interesse e envolvimento pelo que acontece no palco. A exteriorização desse interesse — que pode chegar à empolgação e à absorção — e que, como sabemos, é o indicador mais importante da qualidade (e comunicabilidade) do espetáculo — pode ser verificada durante a função de duas maneiras principais: pela observação das expressões faciais e corporais do público e pela observação dos ruídos provenientes da plateia. A primeira é mais difícil, pois exige vários observadores, ou implica fotografias, com as consequentes possíveis perturbações e desvios de atenção. Resta-nos, porém, a possibilidade de observar a participação do público através dos ruídos da plateia.

Os ruídos da plateia constituem um dos capítulos mais interessantes do teatro para crianças. Antes de mais nada, porém, é necessário ter-se a certeza de que os ruídos partem do público infantil e não dos adultos que usualmente acompanham as crianças. (Aliás, quanto menos adultos na plateia do teatro para crianças, tanto melhor, pois tanto maior será a receptividade e a espontaneidade das crianças.) As manifestações sonoras do público infantil são características e de vários tipos, representando cada uma delas coisas totalmente distintas. Boa classificação, completa e concisa, é a de Mrs. Filed, da Arthur Rank Organization: "As plateias infantis são as mais exigentes do mundo. Demonstram a sua aprovação ou desaprovação por cinco tipos diferentes de ruídos. Quando ficam entediados, dizem-no em voz alta ou começam a conversar entre si sobre qualquer outra coisa. Barulho agradável é quando começam a falar e a discutir sobre o que está acontecendo no palco. Barulho delicioso, quando reagem e dão gritos, e melhor ainda quando dão gostosas gargalhadas. Mas, evidentemente, quando estão silenciosas é maravilhoso". Portanto, o melhor "ruído" da plateia é o silêncio absorto e encantado.

    A verificação da qualidade de uma peça através dos ruídos do público deve ser feita, porém, com grande cautela, especialmente no que se refere aos gritos e gargalhadas. Com efeito, esses ruídos tanto podem traduzir uma participação natural e autêntica, como podem ser apenas o resultado de estímulos provocados deliberadamente, "de má-fé", com recursos desprovidos de qualquer conteúdo emocional ou com situações vulgares e sem significação estética. Estariam nesse caso certas correrias, certos trambolhões realizados em grande parte das peças infantis e, em especial, as perguntas (em geral nada menos que idiotas ou provocadoras de "delação") dirigidas pelos atores diretamente ao público, com a intenção de arrancar "respostas" gritadas, que nada mais são senão um berreiro infernal, vulgar e sem sentido, que só produz uma excitação gratuita, que é o oposto da emoção verdadeira.

    Entramos assim no terreno da comicidade infantil. Toda peça para crianças deve conter uma grande dose de humor e comicidade, pois a criança precisa de alegria e de risos para descarregar os excedentes de energia nervosa e, no teatro, para avaliar a tensão das situações dramáticas. É claro, porém, que nem todas as formas de comicidade estão ao alcance da criança, como também aqui cada idade tem as suas limitações próprias no que se refere ao humor. Por exemplo, o paradoxo e a ironia são formas de comicidade de difícil compreensão para a criança, enquanto mesmo o trocadilho banal pode tornar-se difícil quando a idade implica recursos vocabulares muito reduzidos. Entretanto, as brincadeiras com palavras, o *nonsense* verbal, dentro do nível de compreensão de cada grupo etário, são bem aceitas e muito úteis.

Partindo do princípio de que não é a simples apreensão do fato acontecido o que suscita a comicidade e gera o riso, pois sabemos que o mesmo acontecimento pode provocar tanto a emoção quanto a hilaridade, somos forçados a admitir que a comicidade só se realiza quando o indivíduo em questão é capaz de realizar a chamada "representação efabuladora", ou seja, agir como se ele contasse para si mesmo a história referente ao fato cômico. Portanto, a comicidade depende do grau de inteligência, de sensibilidade, de cultura e de educação do indivíduo que ri. Isso explica por que a comicidade infantil é tão limitada e depende tanto da idade de quem ri. (E justifica em parte o "humor do trambolhão", quando usado com parcimônia, já que é um tipo de humor "circense", acessível até às crianças bem pequenas.)

O indivíduo que ri admite implicitamente relações com a personagem de quem ri e reconhece o mundo em que este se movimenta. É por essa razão que as formas de comicidade são o humor do absurdo, do disparate *(nonsense)* e o "humor da cumplicidade". O humor da cumplicidade é a nosso ver uma forma de humor bem característica da criança e consiste em fazê-la participar do segredo da personagem (herói ou não). Trata-se aqui de legítimo *humour*, pois não há gargalhadas, mas apenas um sorriso feliz e silencioso. Nada deleita mais o público infantil do que um herói, personagem superior, deixá-lo participar de alguma coisa que as outras personagens, comuns, parecem ignorar. E, finalmente, não nos esqueçamos de que a coisa mais difícil e mais maravilhosa em teatro para crianças é conseguir o silêncio da plateia. Há quem ache, absurda e desavisadamente, que uma criança sentada e quieta no seu encantamento está "passiva" — mal sabem estes que a atenção concentrada, a absorção mental, é uma atividade, e das mais nobres, pois atividade intelectual e emocional.

Tudo o que dissemos até aqui refere-se naturalmente a teatro para crianças representado por adultos (ou em alguns casos por estudantes dos cursos mais adiantados), e é aos adultos que compete realizá-lo, posto que só atores adultos e amadurecidos serão capazes de apresentar espetáculos de boa qualidade artística e educacional. Só eles — competentes e experientes — serão capazes de estabelecer as necessárias relações entre palco e plateia, orientando e controlando as reações do público infantil. Sem falar que um teatro estável é um trabalho profissional árduo, certamente inadequado para crianças. Entretanto, o teatro representado pelas próprias crianças e adolescentes deve ser igualmente estimulado — na escola, na biblioteca, no clube — não só porque também constitui importante elemento de formação do hábito do teatro, como, principalmente, porque contribui como poderoso fator educativo para o desenvolvimento da personalidade "social" da criança, graças ao espírito de cooperação que caracteriza o trabalho em equipe, indispensável à realização de um espetáculo teatral. Sem falar no fator de desenvolvimento intelectual implícito no estudo e ensaio de um texto teatral.

E há ainda o importantíssimo capítulo do *playmaking*, do "jogo dramático", que deve ser estimulado — deveria mesmo fazer parte do currículo — nas escolas, desde tenra idade, atividade essa na qual as crianças "brincam" suas histórias espontaneamente, mas sob orientação de professores ou de especialistas, e que se constitui em possante auxiliar no desenvolvimento emocional e na socialização da criança — mas isto já é outro assunto, que não cabe neste trabalho.

Em nenhum caso, porém, sejam representados por adulto ou por criança, os espetáculos devem ser feitos "a portas abertas". A entrada do público infantil em qualquer representação teatral deve ser sempre mediante ingressos adquiridos — a preços acessíveis, mesmo simbólicos, mas adquiridos. E de preferência com lugares numerados. Ou, em alguns casos, quando não for paga, a entrada deverá ser feita mediante convites, ou ingressos-convites, obtidos antecipadamente. De uma forma ou outra, é importante que a criança perceba que deve despender alguma coisa — dinheiro, tempo ou esforço — para assistir a um espetáculo teatral. O teatro tem de se dar ao respeito. E essa será uma das melhores maneiras de, desde o começo, darmos o devido valor ao teatro perante o público ainda em formação. E, na mesma ordem de ideias, devemos eliminar o abominável costume de distribuir balas ou presentinhos ou, pior ainda, de realizar sorteios antes, durante o intervalo, ou depois da representação. O teatro é atividade de lazer cultural que constitui em si mesma um prêmio que dispensa quaisquer chamarizes, engodos ou "subornos".

Todas essas considerações, em última análise, nada mais são do que uma maneira de desenvolver aquela frase de Stanislavsky: "O teatro para crianças deve ser igual ao dos adultos, só que melhor".

BIOGRAFIAS

Do autor adaptado

Monteiro Lobato

Sobre Monteiro Lobato se podem escrever volumes — que aliás foram escritos em toda uma série de biografias, monografias, ensaios e estudos eruditos, textos muito interessantes. Na verdade, o que se pode dizer desse brasileiro ilustre e grande, muito grande, escritor não cabe no espaço de um breve, mas nem por isso menos entusiasmado artigo como este.

Basta dizer que o menino José Bento Monteiro Lobato nasceu em Taubaté, no interior paulista, em 18 de abril de 1882, fim do século 19, para "varar" o século 20 e "invadir" o século 21, como um dos maiores escritores "infantis" do mundo e, certamente, indubitavelmente, o maior do Brasil nessa área importantíssima que é a literatura para crianças — de todas as idades.

Monteiro Lobato foi sempre um homem de ação, um patriota no melhor sentido da palavra, que batalhou por um Brasil melhor e mais moderno. Lutou pelo petróleo e pelo ferro, chegou a ser encarcerado pelas suas ideias corajosas e inovadoras. Foi grande incentivador da indústria editorial e, claro, respeitado escritor "para adultos".

Isto é, até que, já em 1921, ele teve uma "iluminação" e se descobriu, "não mais que de repente", eleito pelo destino para escrever para o público mais importante do Brasil — as crianças!

E, numa inspiração genial, Monteiro Lobato criou o *Sítio do Picapau Amarelo*, um mundo encantado que já nasceu clássico e eterno: o mundo da Emília, a boneca-gente que é a "encarnação" do próprio espírito de Lobato, a "independência ou morte" — livre, esperta, engraçada, crítica, contestadora, atrevida, "asneirenta", mas superinteligente... Em suma, Monteiro Lobato, seu "pai" e inventor.

E assim nasceu a saga do *Sítio do Picapau Amarelo*, o universo fabuloso, real e fantástico, com seus personagens inesquecíveis, Dona Benta, Tia Nastácia, Visconde de Sabugosa, Marquês de Rabicó e, claro, as crianças, essas verdadeiramente felizes, Narizinho e Pedrinho...

Ler os livros do *Sítio do Picapau Amarelo* é uma delícia; quem não os leu não sabe o que perdeu... Mas em 1952, quatro anos depois que o Brasil perdeu o seu autor (Monteiro Lobato "se encantou", faleceu em 4 de julho de 1948), o médico e educador Júlio Gouveia, que o conheceu pessoalmente e teve o privilégio de privar com ele, adaptou e dirigiu pela primeira vez a saga do *Sítio do Picapau Amarelo* para a TV, promovendo sua leitura. E também escreveu os dois capítulos iniciais de uma longa série que durou mais de doze anos seguidos.

São os dois textos teatrais que estão neste livro, *A pílula falante* e *O casamento da Emília*.

Do adaptador

Júlio Gouveia

Júlio Gouveia nasceu em Santos, em 1914. Santista de nascimento e de coração (torcedor do Santos, é claro), Júlio veio para São Paulo a fim de se matricular na Faculdade de Medicina da USP, onde se formou em 1939, especializando-se em psiquiatria.

Mas antes disso, poeta e romântico, aos 17 anos Júlio fugiu de casa para se alistar como voluntário na Revolução Paulista de 1932. Foi parar nas trincheiras como 2º tenente; foi feito prisioneiro de guerra, escapou, com dois amigos, do vagão de trem que os levava para o interior; foi recebido e escondido por um fazendeiro simpatizante da causa constitucionalista, etc. etc. — o que é uma longa história.

Em São Paulo, recém-formado, conheceu aquela que viria a ser sua mulher, mãe dos seus dois filhos, companheira e colaboradora da grande empreitada que, além da sua longa carreira de médico, foi seu trabalho de educador como homem de teatro e de televisão. Júlio foi produtor, diretor e apresentador, durante mais de doze anos, de quatro programas semanais de teleteatro "educacional-formativo". Um desses programas foi a primeira grande versão do *Sítio do Picapau Amarelo*, de Monteiro Lobato, em capítulos semanais, que promoviam o livro e a leitura, por meio do teatro. Foram muitos e muitos capítulos; os dois primeiros são os textos que vocês encontram neste livro: *A pílula falante* e *O casamento da Emília*.

Júlio sempre gostou de literatura, poesia e teatro e chegou a ter experiência, antes do advento da televisão, como ator amador e como diretor do Teatro do SESC, durante alguns anos.

A televisão, porém, foi uma experiência inédita, pioneira mesmo, que funcionou muitíssimo bem, com grande sucesso de público e de crítica. E pensar que era feita "ao vivo", em tempo real!

Júlio, que era grande admirador de Lobato, um dia publicou um artigo numa revista cultural. O escritor leu e gostou tanto que procurou Júlio, assim que teve a oportunidade de conhecê-lo pessoalmente. Mas Lobato faleceu antes da chegada da televisão e não conheceu o sucesso que as suas maravilhosas histórias fizeram na TV. Quem cedeu ao Júlio Gouveia os direitos de adaptá-las e apresentá-las foi a viúva de Monteiro Lobato, Dona Purezinha.

Júlio Gouveia foi, de fato e de direito, o primeiro adaptador de textos de Monteiro Lobato para a televisão paulista (e brasileira).

Os dois primeiros roteiros foram escritos e dirigidos por ele. Dali em diante, a roteirista foi sua mulher, Tatiana Belinky. E ele continuou produzindo, dirigindo e apresentando o seu teleteatro, para alegria de um vasto público.

Durante todos aqueles anos, os cinco programas semanais mantiveram altos índices de audiência e de popularidade, e o TESP só deixou a TV porque seu diretor resolveu voltar ao seu consultório médico, tendo retornado em 1968 para outra emissora, a TV Bandeirantes, onde fez o *Sítio do Picapau Amarelo* durante 14 meses, todos os dias, já em videoteipe.

Depois disso, afastou-se definitivamente dessas atividades. Mas o *feedback* daquele trabalho se fez sentir durante muito tempo, quando pessoas de todas as idades vinham falar com Júlio Gouveia ou Tatiana Belinky para lamentar que não existiam mais aqueles programas e dizer coisas como "devo a minha formação aos seus programas" ou "seus programas me ensinaram a ler e a amar os livros."

Júlio Gouveia faleceu — "se encantou" — aos 75 anos, em 1989, levado por um infarto fulminante.

Deixou saudades em três gerações de telespectadores, e em muitos, muitos pacientes que ele, como médico, tratou e ajudou com o seu carinho e competência.